ईसप की कहानियाँ

हमेशा पसंद आने वाली कहानियाँ

Om KIDZ
An imprint of Om Books International

Om Kidz | Om Books International

Reprinted in 2020

Corporate & Editorial Office
A-12, Sector 64, Noida 201 301
Uttar Pradesh, India
Phone: +91 120 477 4100
Email: editorial@ombooks.com
Website: www.ombooksinternational.com

Sales Office
107, Ansari Road, Darya Ganj
New Delhi 110 002, India
Phone: +91 11 4000 9000
Email: sales@ombooks.com
Website: www.ombooks.com

ISBN: 978-93-81607-28-2

Printed in India

10 9 8 7 6 5 4

अनुक्रमणिका

खट्टे अंगूर

एक दिन, एक लोमड़ी जंगल में घूम रही थी। वह बहुत भूखी थी और बेसब्री से कुछ खाने के लिए तलाश कर रही थी।

अचानक, उसकी निगाह पास के एक पेड़ पर लटकते अंगूरों के गुच्छों पर पड़ी। लोमड़ी पेड़ की ओर लपकी और अंगूरों को ध्यान से देखने लगी। "कितने बड़े-बड़े अंगूर हैं! ऐसा लग रहा है जैसे इन से रस टपकने ही वाला है।" लोमड़ी अपने आप से बोली।

समस्या सिर्फ़ यह थी कि अंगूर जिस डाली पर लगे थे, वह ज़मीन से बहुत ऊँचाई पर थी। लोमड़ी ने उछल कर अंगूर दबोचने की कोशिश की, लेकिन वह उन तक नहीं पहुँच पाई।

लोमड़ी का मन अंगूर खाने के लिए बहुत ललचा रहा था। उसने अंगूरों तक पहुँचने की जी-तोड़ कोशिश की।

वह पेड़ से कुछ दूर गई और दौड़ती हुई आई। पेड़ के पास पहुँच कर उसने बहुत ऊँची छलाँग लगाई लेकिन तब भी वह एक भी अंगूर नहीं तोड़ पाई।

उसने काफ़ी देर तक कोशिश की। लोमड़ी पेड़ की ओर दौड़ती हुई आती और ऊँची से ऊँची छलाँग लगाती लेकिन वह एक भी बार अंगूरों तक नहीं पहुँच पाई।

आख़िरकार, जब वह कोशिश कर के थक गई तो वह अपने आप से बोली, “क्या मैं पागल हो गई हूँ? मैं तो अपना समय बरबाद कर रही हूँ, वह भी इतने खट्टे अंगूरों के पीछे? क्या मेरा दिमाग खराब हो गया है?”

इतना कह कर लोमड़ी वहाँ से चल दी। थकान के मारे उसकी जीभ मुँह से बाहर लटक रही थी।

कछुआ और बतखें

सुस्त कछुए को सज़ा मिली थी। एक देवता के शाप की वजह से कछुए को हमेशा अपना मकान अपनी पीठ पर लाद कर चलना पड़ता था। ऐसा इसलिए हुआ क्योंकि कछुआ आलस के कारण घर से बाहर ही नहीं निकला था और देवता की शादी में नहीं पहुँचा था।

और, अब, वह लाख कोशिशों के बाद भी अपनी पीठ पर लदे मकान के बोझ से छुटकारा नहीं पा सकता था और वह मकान हमेशा उसकी पीठ पर लदा रहता था।

कछुआ जब दूसरे जानवरों को एक जगह से दूसरी जगह जाते देखता, तो वह बहुत उदास हो जाता।

वह चिड़ियों की बातें सुनता। वे बताती थीं कि वे कहाँ-कहाँ घूमती हैं। वह खरगोश को अक्सर अपने दोस्तों के घर जाते देखता। लेकिन अफ़सोस! एक वही था, जो जब तक बहुत दम न लगाए, तनिक भी नहीं हिल पाता।

एक दिन, उसने अपनी परेशानी दो बतखों को बताई। दोनों बतखों ने कछुए के यात्रा करने के सपने के बारे में सुना तो वे बहुत उदास हुईं। उन्होंने उसकी सहायता करने का निश्चय किया।

"हम तुम्हारी सहायता कर सकती हैं, लेकिन तुम्हें पूरी यात्रा के दौरान बिलकुल चुप रहना होगा। क्या तुम ऐसा कर सकोगे?"

कछुए को तो दुनिया घूमने का मौका मिले, तो वह चुप रहना तो क्या, कुछ भी करने को तैयार था।

बतखों ने एक लंबी डंडी ली और कछुए से उसे अपने दाँतों से दबाने को कहा। जब कछुए ने डंडी पकड़ ली तो दोनों बतखों ने डंडी के सिरे अपने पंजों में दबाए और उड़ना शुरू कर दिया।

बतखों के साथ कछुआ भी उड़ चला। जब वह ऊपर बादलों के बीच पहुँचा तो उसे नीचे की ज़मीन लगातार छोटी होती दिखी। वह बहुत प्रसन्न हुआ। उसे वाकई बहुत मज़ा आ रहा था।

तभी, एक कौआ उनके पीछे उड़ता आया।

कौआ कछुए को इस तरह से उड़ता देख कर बहुत आश्चर्यचकित हुआ। वह बोला, "अरे! आप तो निश्चित ही कछुओं के राजा लगते हैं!"

कछुए ने जब कौए के ये शब्द सुने, तो उसे बहुत गर्व महसूस हुआ। वह बोल पड़ा,

"देखो जी-"

लेकिन जैसे ही उसने अपना मुँह खोला, उसके मुँह से डंडी छूट गई। इसके पहले कि वह कुछ समझ पाता, वह नीचे ज़मीन पर आ गिरा।

समझदार मुर्गा

कुत्ता और मुर्गा बहुत अच्छे मित्र थे। एक दिन, दोनों मित्रों ने निश्चय किया कि उन्हें घूमने जाना चाहिए और पूरी दुनिया देखनी चाहिए। दोनों मित्र जंगल की ओर निकल पड़े।

काफ़ी दूर चलते-चलते वे जंगल पहुँचे। दिन ढल चुका था और सूरज छिपने वाला था। मुर्गे ने कुत्ते से कहा, “हमें रात बिताने के लिए कोई जगह तलाशनी चाहिए। कल सुबह हम फिर से अपनी यात्रा पर आगे बढ़ेंगे।”

कुत्ता तुरंत सहमत हो गया। कुछ दूरी पर, उन्होंने देखा कि एक पेड़ के तने में काफी बड़ी खोह थी। कुत्ता अपने मित्र से बोला, “रात बिताने के लिए यह जगह सबसे अच्छी रहेगी। तुम ऊपर चढ़ कर किसी डाल पर सो जाओ और मैं इस खोह में आराम कर लूँगा।”

दोनों मित्रों ने एक-दूसरे को शुभरात्रि कहा। थोड़ी ही देर बाद दोनों गहरी नींद में डूब गए।

सुबह मुर्गे की आँखों में सूरज की किरणें पड़ीं तो उसने अपनी आदत के अनुसार बाँग लगा दी,

"कुकड़ू-कू!"

पास ही एक लोमड़ी सो रही थी। मुर्गे की बाँग सुनकर वह जाग गई। उसने आस-पास देखा। उसे पेड़ पर बैठा मुर्गा दिख गया। लोमड़ी बहुत प्रसन्न हुई। “अरे! आज तो मुझे बैठे-बिठाए नाश्ता मिल गया!” वह अपने आप से बोली।

धीरे से वह लोमड़ी मुर्गे के पास गई और बोली, “सुनो मेरे दोस्त! इस जंगल में तुम्हारा स्वागत है!

“पेड़ से नीचे आ जाओ फिर मैं तुम्हें पूरा जंगल घुमाऊँगी।”

मुर्गा कोई मूर्ख तो था नहीं। वह जानता था कि जैसे ही वह नीचे उतरेगा, लोमड़ी उस पर झपट पड़ेगी और उसे खा जाएगी। उसने लोमड़ी को सबक सिखाने का निश्चय किया।

“अरे, बहुत बहुत धन्यवाद! पहले तुम ही ऊपर आ जाओ और जंगल के बारे में कुछ बातें बताओ। पेड़ के तने में जो खोह है, उसी में से घुस कर आ जाओ - ज़्यादा अच्छा रहेगा!”

लोमड़ी बहुत खुश हुई। मुर्गे ने तो उसका काम और भी आसान कर दिया था। बिना एक पल गँवाए, लोमड़ी पेड़ की खोह में जा घुसी। उसे पता नहीं था कि खोह में बैठा कुत्ता उसी की राह देख रहा है!

कुत्ते ने लोमड़ी की अच्छी खबर ली। लोमड़ी ने तय कर लिया कि अब वह किसी के साथ चालाकी नहीं करेगी।

प्यासा कौआ

एक बेचारा कौआ काफ़ी देर से उड़ रहा था। वह अपने कुछ रिश्तेदारों से मिलने गाँव गया था और अब वहाँ से वापस बाहर अपने घर लौट रहा था।

उस दिन बहुत गर्मी थी और अभी उसका घर काफ़ी दूर भी था।

कौए ने सफ़र के बीच में कहीं आराम भी नहीं किया था। वह लगातार उड़ता जा रहा था क्योंकि वह अँधेरा होने से पहले घर पहुँच जाना चाहता था।

कौए को बहुत प्यास लगी थी। उसे पीने के लिए ठंडे पानी की बहुत आवश्यकता थी। उसने आसपास देखा और सोचा कि शायद कहीं कोई नदी या तालाब या ऐसी ही कोई और जगह दिख जाए जहाँ से उसे पानी मिल सके।

आख़िरकार, उसे एक इमारत की छत पर एक मटका रखा दिखा। कौआ तुरंत ही उस मटके की ओर उड़ चला। वह जानना चाहता था कि उस मटके में क्या है।

अरे वाह, मटके में तो पानी था! कौआ बहुत प्रसन्न हुआ और उसने अपनी चोंच मटके की ओर बढ़ा दी। लेकिन यह क्या! मटके में पानी बहुत नीचे था और उसका मुँह भी इतना संकरा था कि उसमें कौए का मुँह घुस ही नहीं सकता था।

“अरे मेरा फूटा भाग्य! अब पानी मिल भी गया तो मैं उसे पी नहीं पा रहा हूँ। ऐसा हर बार मेरे साथ ही क्यों होता है?” कौआ चिल्लाया।

लेकिन तभी वह अपने आप से बोला, *अब मैं बच्चे की तरह रोने के बजाय स्वयं ही इस समस्या का हल तलाश करूँगा! निश्चित ही कुछ न कुछ तो रास्ता होगा जिस से कि मैं यह पानी पी सकूँ...*

और इतना कह कर, उस कौए ने सोचना शुरू कर दिया। जल्द ही उसके मन में एक विचार आ गया।

कौए को मटके के पास पड़े कुछ छोटे-छोटे कंकड़ दिखे। उसने एक-एक कंकड़ उठाकर मटके में डालना शुरू कर दिया। जैसे ही वह कंकड़ मटके में डालता जाता, वैसे ही मटके में पानी ऊपर आता जाता।

वह काफ़ी देर तक ऐसा ही करता रहा, और मटके का पानी धींरे-धीरे ऊपर आता गया। अंत में, जब मटके का पानी काफ़ी ऊपर आ गया तो कौए ने चोंच बढ़ाकर आराम से पानी पी लिया।

अपनी प्यास बुझाने के बाद कौआ खुशी-खुशी अपने घोंसले की ओर उड़ चला।

नमक की बोरियाँ

नमक का व्यापारी फ्रेडी काफ़ी परेशान था। नदी के पार वाली दुकान के मालिक ने उससे नमक मंगवाया था।

उसने कहलवाया था कि फ्रेडी हर सप्ताह उसे नमक दे जाया करे। इसका मतलब था कि फ्रेडी को अच्छी कमाई होने वाली थी।

बस उसके सामने एक समस्या थी। उसे स्वयं ही नमक लेकर दुकान तक जाना पड़ेगा और इसके लिए उसे नदी पार करनी पड़ेगी। फ्रेडी अच्छी तरह से जानता था कि नमक से भरे बोरे वह अपनी पीठ पर लाद कर नहीं ले जा सकता।

फ्रेडी ने एक उपाय सोचा और जाकर एक गधा खरीद लाया।

अगले दिन, फ्रेडी ने गधे पर नमक के दो बोरे लादे और नदी पार वाली दुकान की ओर चल पड़ा।

अब, फ्रेडी के गधे की मुश्किल हो गई। उसकी पीठ पर लदे दो बोरे बहुत भारी थे।

उसे चल पाना तो दूर खड़े हो पाना तक मुश्किल था!

वह चाह कर भी कुछ नहीं कर पा रहा था। मजबूर होकर, वह धीरे-धीरे चलता गया। कुछ ही देर में वे नदी तक पहुँच गए। फ्रेडी ने अपने गधे को आगे बढ़ाया और वे दोनों नदी पार करने लगे।

नदी की तली में पड़े पत्थर काफ़ी चिकने थे और गधे को चलने में बहुत कठिनाई हो रही थी। ऊपर से उसकी पीठ पर नमक के दो बोरे तो लदे ही थे।

जब वे दोनों नदी के बीच में पहुँचे तो गधे का पैर एक पत्थर पर पड़ा और वह फिसल कर गिर पड़ा।

गधे के गिरते ही नमक के बोरे भी पानी में डूब गए और बहुत सारा नमक पानी में गिर गया।

जैसे-तैसे गधा उठा तो उसे अपनी पीठ पर लदा वजन कम महसूस हुआ। काफ़ी सारा नमक नदी में बह चुका था और अब उसकी पीठ पर काफ़ी कम भार था। अब वह आसानी से चल सकता था। इसके बाद गधे के मन में एक विचार आया!

इसके बाद, जब भी फ्रेडी नदी पार नमक देने जाता, गधा नदी पार करते समय हर बार जानबूझ कर गिर जाता। इससे उसकी पीठ पर लदा बोझ कम हो जाता।

ऐसा काफ़ी दिनों तक चलता रहा। आख़िरकार, फ्रेडी समझ गया कि गधा यह सब जानबूझ कर करता है। अब उसने गधे को सबक सिखाने का निश्चय किया।

अगले दिन, फिर फ्रेडी को नमक पहुँचाने नदी पार जाना था। उसने बोरे गधे की पीठ पर लादे और दोनों चल दिए।

जब वे नदी के पास पहुँचे, तो गधे ने हर बार की तरह अपना बोझ कम करने के लिए गिरने का निश्चय किया। लेकिन अफ़सोस, इस बार नतीजा एकदम अलग रहा!

फ्रेडी ने इस बार बोरों में स्पंज भरा था - जब गधा पानी में गिरा तो स्पंज घुलने के बजाय पहले से भी अधिक भारी हो गया।

गधे को समझ में नहीं आया कि वह क्या करे। उसे बची हुई दूरी अब और अधिक वजन लादकर पूरी करनी पड़ी।

दो बकरियाँ

डेज़ी बकरी का मन थोड़ा घूमने-फिरने का हुआ। ठंडी हवा चल रही थी और घूमने-फिरने लायक बहुत अच्छा मौसम भी था।

वह कुछ देर टहलती रही और एक पहाड़ी पर हरी-भरी घास देख कर चरने के लिए रुक गयी। चरते-चरते वह पहाड़ी के किनारे तक पहुँच गयी।

डेज़ी वापस जाने वाली ही थी, कि उसकी निगाह अपने सामने एक दूसरी पहाड़ी की ढाल पर पड़ी। वहाँ बहुत ही अच्छी हरी-भरी घास लगी थी। ऐसी सुंदर घास बकरी ने कभी नहीं देखी थी।

डेज़ी को पता था कि उसे दोनों पहाड़ियों को जोड़ने वाले एक लंबे लट्ठे को पार करना होगा, तभी उसे अपनी मनचाही घास खाने को मिल पाएगी।

आगे बढ़ने के लिए जैसे ही उसने लट्ठे पर पैर रखा, उसे सामने से एक और बकरी आती दिखी। वह भी उसी लट्ठे पर चल कर आ रही थी।

डेज़ी को बड़ा आश्चर्य हुआ। उस लट्ठे पर तो बस इतनी ही जगह थी कि एक बार में एक जना ही उस पर से होकर गुज़र सकता था।

उसे विश्वास था कि दूसरी बकरी यह बात समझ जाएगी, लेकिन ऐसा हुआ नहीं। वह बकरी पीछे नहीं लौटी और सीधी डेज़ी की ओर चली आ रही थी।

यह बकरी बहुत बदमाश है। वह मुझे पहले नहीं निकलने देना चाहती, जबकि लट्ठे के इस पुल पर पहले मैंने पैर रखा था! अरे! वह अपने को समझती क्या है? मैं भी देखती हूँ, वह मुझसे पहले कैसे निकलती है, डेज़ी ने निश्चय किया और आगे बढ़ती गयी।

धीरे-धीरे डेज़ी अपने को संभालते हुए लट्ठे के पुल पर आगे बढ़ती जा रही थी।

दूसरी बकरी भी आगे बढ़ती आ रही थी। बहुत जल्द, दोनों बकरियाँ पुल पर बिलकुल बीचोंबीच आमने-सामने खड़ी थीं।

"सुनो बहन, पहले मैंने पुल पर पैर रखा था। इसलिए तुम वापस लौटो और मुझे पहले पुल पार करने दो!" डेज़ी ने दूसरी बकरी से कहा।

दूसरी बकरी ने जवाब दिया, "तुमने मुझे आते हुए पहले देखा था, इसलिए तुम्हें वापस जाना चाहिए। इतना आगे आने के बाद अब मैं क्यों पीछे लौटूँ? तुम्हीं पीछे लौटो और मुझे दूसरी ओर जाने दो!"

दोनों बकरियाँ काफी देर तक इसी तरह बहस करती रहीं, लेकिन उनमें से कोई भी पीछे हटने को तैयार नहीं थी। एक-दूसरे को पीछे लौटने पर जोर देते-देते वे आपस में लड़ने लगीं और एक-दूसरे को सींग मारने लगीं।

जैसे ही दोनों ने एक-दूसरे को सींगों से धक्का दिया, दोनों का ही संतुलन बिगड़ गया और दोनों नीचे खाई में गिर पड़ीं।

लोमड़ी, गधा और शेर

गधा और लोमड़ी बहुत जल्द एक-दूसरे के पक्के दोस्त बन गए थे। वे दोनों एक साथ पूरा दिन खेलते रहते और साथ में ही दोनों भोजन की तलाश में जाते।

गधे को हरी-हरी घास चरना पसंद था तो लोमड़ी अपने खाने की तलाश में रहती। दोनों दोस्त साथ में बैठ कर अपनी-अपनी पसंद का खाना खाते रहते।

एक दिन, गधा और लोमड़ी जंगल में घूमते-घूमते खाना तलाश रहे थे। अचानक उनके सामने एक शेर आकर खड़ा हो गया।

गधा स्वाभाविक तौर पर बहुत डर गया और चिल्लाने लगा।

"ढेंचूं ढेंचूं ढेंचूं! शेर मुझे खाने वाला है! अरे मुझे बहुत डर लग रहा है..."

लोमड़ी उसकी ओर देखते हुए बोली,

“अरे, चिल्लाना बंद करो, मेरे दोस्त! चिंता मत करो। मैं शेर से बात करके मामला सुलझाती हूँ।”

इतना कह कर, लोमड़ी शेर के पास गई और मीठे स्वर में धीरे से उससे कुछ कहने लगी ताकि गधा न सुन पाए। लोमड़ी बोली,

"राजा साहब, मैं जानती हूँ कि आपको भूख लगी होगी और आप खाने की तलाश में हैं। मेरी सलाह है कि आप मेरे दोस्त गधे को यहीं पास के एक गड्ढे की ओर ले जाएँ। फिर गधे को धक्का देकर उसमें गिरा दें। उसके बाद आप आराम से उसे खा सकते हैं!"

शेर लोमड़ी का सुझाव सुन कर बहुत प्रसन्न हुआ और उसने उसकी बात मान ली। लोमड़ी वापस गधे के पास आई और बोली, "मेरे दोस्त, शेर हम लोगों को छोड़ देने की बात मान गया है। हमें बस इतना करना है कि पास के उस गड्ढे में जाकर बैठ जाना है। शेर का कहना है कि हम वहाँ सुरक्षित रहेंगे!"

गधा यह सुन कर बहुत प्रसन्न हुआ। वह लोमड़ी के पीछे-पीछे गड्ढे की ओर चल पड़ा। लेकिन जब वे गड्ढे के पास पहुँचे तो लोमड़ी ने चालाकी से गधे को धक्का देकर गड्ढे में गिरा दिया और शेर के पास जाकर कहने लगी, "महाराज, आपका भोजन तैयार है!"

लेकिन इसके बाद ऐसा कुछ हुआ कि लोमड़ी हैरान रह गई। शेर गधे की ओर जाने के बजाय सीधे लोमड़ी पर ही झपट पड़ा। लोमड़ी को हिलने तक का मौका नहीं मिला।

इसके बाद, शेर ने गधे की सहायता करके उसे गड्ढे से निकाला और बोला, "तुम जा सकते हो, मेरे दोस्त! मैं अब इस लोमड़ी का ही भोजन करूँगा।"

गधे ने शेर का बहुत आभार माना और जल्दी से वहाँ से भाग निकला।

भेड़िया आया,
भेड़िंया आया!

चरवाहा जोएल काफ़ी उदास महसूस कर रहा था। उसकी ज़िंदगी में कुछ भी मज़ेदार नहीं हो रहा था। उसे पूरा दिन भेड़ों के झुंड के साथ चारागाह में बिताना पड़ता था।

एक दिन, अपनी भेड़ों को लेकर घर लौटते समय, जोएल ने गाँव वालों के साथ मज़ाक करने का मन बनाया। जब वह गाँव के पास पहुँचा तो वह जोर-जोर से चिल्लाने लगा, "भेड़िया, भेड़िया!"

जोएल की मदद की पुकार सुन कर कई गाँव वाले उसे भेड़िए से बचाने के लिए बंदूकें लेकर दौड़ पड़े।

जब गाँव वाले जोएल के पास पहुँचे, तो वह जोर-जोर से हँसने लगा। गुस्से में गाँव वालों ने पूछा, "क्या हुआ? भेड़िया कहाँ है? और तुम हँस क्यों रहे हो?"

“मैं तो तुम लोगों को बेवकूफ बना रहा था,” जोएल ने जवाब दिया। वह अब भी अपनी हँसी नहीं रोक पा रहा था। “यहाँ कोई भेड़िया था ही नहीं। मैं तो बस मज़ाक कर रहा था।”

गाँव वालों को जोएल का मज़ाक बिलकुल अच्छा नहीं लगा। वे लोग उसके ऊपर नाराज़ होते हुए अपने-अपने घरों को लौट गए।

अगले दिन, फिर जोएल अपनी भेड़ें लेकर लौट रहा था। जब वह गाँव के पास आया तो उसने फिर से गाँव वालों के साथ वही मजाक दुहराने का निश्चय किया।

"बचाओ! बचाओ! इस बार सचमुच भेड़िया आ गया है। मेरी भेड़ें खाए जा रहा है। बचाओ!" वह चिल्लाने लगा। गाँव वालों ने जोएल का चिल्लाना सुना तो उन्हें लगा कि शायद वह सच कह रहा है। वे लोग फिर से दौड़ कर उसकी मदद के लिए आ गए।

गाँव वाले जब जोएल के पास पहुँचे तो वह इस बार भी जोर-जोर से हँसने लगा। गाँव वाले इस बार बहुत नाराज़ हुए। जोएल ने उनसे दूसरी बार झूठ बोला था। गाँव वाले उसे बुरा-भला कहते हुए अपने-अपने घरों को लौट गए।

जोएल ने अगले दिन एक बार फिर से वही मज़ाक किया। जैसे ही वह गाँव के पास पहुँचा, वह फिर से चिल्लाने लगा, “भेड़िया, भेड़िया!”

गाँव वालों ने उसकी आवाज़ सुनी लेकिन कोई भी उसकी मदद के लिए नहीं आया। वे जानते थे कि जोएल झूठ-मूठ चिल्ला रहा होगा, इसलिए उन्होंने उसके चिल्लाने पर कोई ध्यान नहीं दिया।

जोएल को भी समझ में आ गया कि गाँव वाले अब उसका मज़ाक समझ चुके हैं और उन्हें अब बेवकूफ़ बनाना आसान नहीं होगा। वह अपनी भेड़ें हाँकता हुआ अपने घर की ओर चल पड़ा। वह लौट ही रहा था कि अचानक एक भेड़िया सचमुच आ गया और भेड़ों की ओर झपट पड़ा।

जोएल बेहद डर गया और जोर-जोर से चिल्लाने लगा, "बचाओ, बचाओ! कोई तो बचाओ, इस बार सचमुच भेड़िया आ गया है! मैं मज़ाक नहीं कर रहा हूँ। सचमुच भेड़िया मेरी भेड़ें खाए जा रहा है!"

जोएल की पुकार सुन कर भी कोई नहीं आया। उसकी बात पर किसी को विश्वास नहीं हुआ। उन्हें लग रहा था कि जोएल उन्हें फिर से बेवकूफ़ बनाने के लिए झूठमूठ ही चिल्ला रहा है।

जोएल अब कुछ नहीं कर पाया। भेड़िए ने उसकी भेड़ों को खाना शुरू कर दिया।